lauren child

Traduit de l'anglais (Royaume-Uni)
par Fanny Britt

Je ne mangerai JAMAIS de tomates de toute ma vie

avec Charlie et Lola

la courte échelle

Je dédie ce livre à Soren

qui adore les tomates

mais ne mangerait jamais de fèves au lard.

Affectueusement, de la part de Lauren

qui aime bien la tartinade de levure «Marmite»

mais se passerait de raisins secs.

Traduction: Fanny Britt

Infographie: Sara Dagenais

Révision: Marie Pigeon Labrecque

Les éditions de la courte échelle inc. www.courteechelle.com

5243, boul. Saint-Laurent, Montréal (Québec) H2T 1S4

Dépôt légal, 1er trimestre 2009 Bibliothèque nationale du Québec

Copyright © 2000 Lauren Child (texte et illustrations)

Copyright © 2009 Les éditions de la courte échelle inc.

Édition originale: I will not ever never eat a tomato, Orchard Books

La courte échelle est aussi inscrite au programme de subvention globale du Conseil des Arts du Canada et reçoit l'appui du gouvernement du Québec par l'intermédiaire de la SODEC.

La courte échelle reconnaît l'aide financière du gouvernement du Canada par l'entremise du Programme d'aide au développement de l'industrie de l'édition pour ses activités d'édition.

La courte échelle bénéficie également du Programme de crédit d'impôt pour l'édition de livres — Gestion SODEC — du gouvernement du Québec.

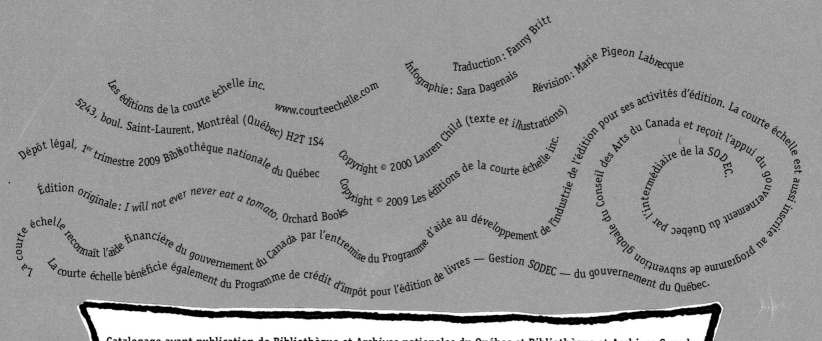

Catalogage avant publication de Bibliothèque et Archives nationales du Québec et Bibliothèque et Archives Canada

Child, Lauren

Je ne mangerai jamais de tomates de toute ma vie

(Série Charlie et Lola ; 1)
Traduction de: I will not ever never eat a tomato.
Pour enfants de 3 à 5 ans.

ISBN 978-2-89651-124-2 (rel.)
ISBN 978-2-89651-130-3 (br.)

I. Britt, Fanny. II. Titre.

PZ23.C4553Jen 2009
j823'.914
C2008-941517-5

Imprimé à Singapour

J'ai une petite sœur qui s'appelle Lola.

Elle est minuscule et très drôle.

Je dois la surveiller, parfois.

Parfois, papa et maman me demandent de lui donner son repas.

C'est une tâche compliquée parce que Lola est très difficile quand vient le temps de manger.

Lola ne mange pas de carottes, bien entendu.
Elle dit que les carottes, c'est pour les lapins.

Je lui réponds : « Et les petits pois alors ? »

Lola dit :
« Un petit pois, c'est trop
petit et trop vert. »
Un jour, j'ai joué un bon tour à Lola.

Elle était assise à table
et attendait son repas.
Et soudain, elle déclare :
« Je ne mange pas de

Pois   ni de   carottes   ni de   pommes de terre

ni de   Champignons   ni de   spaghettis

ni   d'Œufs

ni de   saucisses.

Je ne mange pas de

 chou-fleur ni de  chou ni de  fèves au lard

ni de bananes  ni d'oranges.

Et je ne raffole pas particulièrement

 des pommes,  du riz,  du fromage,

ni

des croquettes de poisson.

Et, c'est certain,

je ne mangerai jamais de tomates de toute ma vie. »

 (Ma sœur déteste les tomates.)

Alors, je lui réponds :
                « Tu en as de la chance

parce que, ce soir, nous ne mangeons rien de tout ça.

Nous n'allons manger ni pois ni carottes
ni pommes de terre ni champignons ni spaghettis ni œufs ni saucisses.

Il n'y aura pas non plus de chou-fleur   ni de chou
ni de fèves au lard ni de bananes ni d'oranges.

Nous n'avons plus de pommes ni de riz ni de fromage ni de croquettes de poisson,

et nous n'avons plus de tomates.

Ça, c'est certain.»

Lola regarde sur la table.

« Mais alors, pourquoi est-ce qu'il y a là des Carottes, Charlie ?

Je lui réponds donc:
«Oh, tu crois que ce sont des carottes.
Mais ce ne sont pas des carottes!
Ce sont des rayons de Jupiter.»

«Ils ressemblent à des Carottes», dit Lola.
Je lui demande: «Mais comment serait-ce possible?
Des carottes, ça ne pousse pas sur Jupiter!»

«C'est vrai, répond Lola.
Bon, je peux peut-être en goûter un,
puisqu'ils viennent d'aussi loin que Jupiter.
Mmm, c'est bon», dit Lola en prenant
une deuxième bouchée.

Puis, Lola aperçoit des

petits pois.

« Je ne mange pas de pois »,

dit Lola.

Je lui réponds :

« Ce ne sont pas des pois,

qu'est-ce que tu crois ! Ce

sont des gouttelettes vertes

du Cap-Vert. Elles sont

faites de vert et tombent

directement du ciel. »

« Mais je ne mange pas

de nourriture verte »,

proteste Lola.

Je lui réponds :

« Oh, tant mieux.

Je vais prendre

ta part ; les

gouttelettes

vertes sont

extraordinairement

rares. »

« Oh,
ce n'est
pas de la purée.
Les gens les confondent
souvent, mais ce n'est pas de la
purée. C'est de la mousse de nuage
récoltée au sommet du mont Fuji. »
« Ah bon, dans ce cas, je vais en prendre
une grosse part. J'adore manger des nuages. »

« Charlie,
dit ma sœur,
ça ressemble beaucoup à des croquettes de poisson, ça,
et pour rien au monde
je ne mangerais de
croquettes de poisson. »

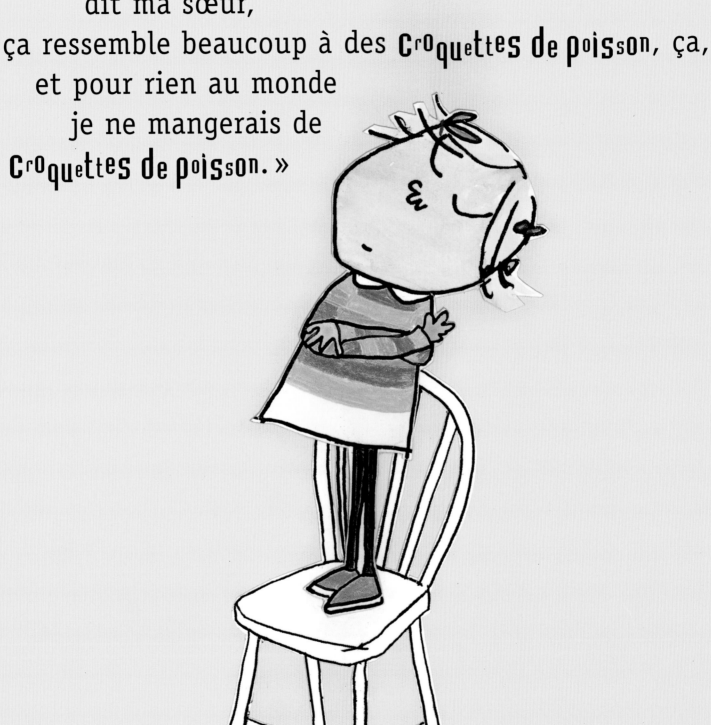

« Je sais, mais ce ne sont pas des croquettes de poisson.
Ce sont des grignotines sous-marines qui viennent
du supermarché au fond des mers —
les sirènes en mangent très souvent. »

«Oh, je suis déjà allée faire les courses dans ce supermarché avec maman. Oui, je connais ces grignotines. J'en ai déjà mangé! s'exclame Lola en engloutissant une croquette. Je peux en avoir une autre?»

Puis Lola dit :

« Charlie, tu veux bien
me donner ça ? »

Et je dis :

« Quoi, ça ? »

Et Lola dit :
            « Oui, Charlie, ça.»
Et je n'en crois pas mes yeux,
        parce que devinez ce qu'elle montre du doigt,
des **tomates**.

Et je demande :

« Tu en es sûre ?

Vraiment ?

Tu veux

de ça ? »

Et elle répond :

« Oui, bien entendu, j'adore les croquées de Lune ! »